KB260218

생각으로 핀 꽃

생각으로 핀 꽃

펴낸날	초판 1쇄 2025년 6월 20일
지은이	임옥례
펴낸이	서용순
펴낸곳	이지출판
출판등록	1997년 9월 10일
등록번호	제300-2005-156호
주소	03131 서울시 종로구 율곡로6길 36 월드오피스텔 903호
대표전화	02-743-7661 팩스 02-743-7621
이메일	easy7661@naver.com
창작지도	윤보영감성시학교
캘리그라피	임정수
그림	임옥례
디자인	김민정
인쇄	ICAN
물류	(주)비앤북스

값 12,000원

ISBN 979-11-5555-253-7 03810

※ 잘못 만들어진 책은 교환해 드립니다.

임옥례 감성시집

이지출판

임옥례 시인의 감성시에는 꽃이 많이 담겨 있습니다. 시 속에 핀 꽃은 세상의 꽃이라기보다 시인의 생각으로 피운 꽃입니다. 그래서일까요? 웃으면서 읽을 수 있었습니다.

시인은 일상에 자신을 닮은 꽃이나 사물을 만났을 때 마음이 먼저 열리고 그 열린 마음으로 주고받은 생각이 시로 탄생하게 됩니다. 이 시는 독자를 주인공으로 만들어 시인처럼 생각하게 만듭니다. 그런 면에서 임옥례 시인은 성공했다고 봅니다.

임옥례 시인과는 캘리그라피 행사로 알게 되었는데, 시에 대한 열정과 시를 쓰고자 하는 의욕이 대단했습니다. 거리가 멀어 시 쓰기 공부를 이어가지 못해 아쉬웠는데, 한국감성캘리그라피협회 임원진에서 추진한 '감성 시집 발간반'에서 다시 만났습니다. 뿐만 아니라 감성시를 지도하는 강사 양성 과정 수업에도 참여하고 있어 곧 감성시 쓰기 지도자가 될 것으로 생각합니다.

앞으로 무궁무진하게 펼쳐질 감성시 세계에서 임옥례 시인이 얼마나 많은 활동을 하게 될지 저는 알고 있습니다. 그러기에 감성시 지도자가 되는 길에 적극 힘을 보태겠습니다. 더불어 감성시 쓰기를 주저하시는 분들에게 임옥례 시인의 시집을 권합니다. 읽고 나면 '아하, 감성시는 이렇게 쓰는구나' 하고 느끼게 될 테니까요.

한 권의 시집이 탄생하기까지 시인의 노력은 물론이고 주위에서 도와 주는 분들의 응원도 필요합니다. 가족과 함께 한국감성캘리그라피협회 여러분께 감사드립니다. 그리고 저를 믿고 잘 따라와 주셔서 고맙습니다.
임옥례 시인님! 시집 발간을 다시 한번 축하드립니다.

2025년 6월
윤보영감성시학교가 있는 '휴이야기터'에서
윤보영

담벼락에 / 붉은 등을 켜고 / 길을 안내하는 너 / 너 혹시 / 날 기다리는 그대가 / 보낸 거 아니니? ('유흥초' 전문)

나뭇가지 끝에 핀 벚꽃 / 저절로 미소가 나온다 / 그도 그럴 수밖에 / 하나같이 / 네 얼굴이니. ('벚꽃이 떨어지는 날' 전문)

　임옥례 님 시에는 이런 참신한 표현들이 많습니다. 몇 개 더 인용합니다.

버튼을 눌러 / 이리저리 돌린다 / '그대 있는 곳!' ('리모컨')

아차! / 수박이 아니라 / 그리움을 물었네 ('수박')

당신은 벚나무 / 나는 그 나무에 핀 / 벚꽃 ('우리')

이 구름! / 그리움이었나? / 그대 얼굴만 있네 ('구름')

시인은 일상을 관찰합니다. 과일, 풀, 꽃, 계절, 산, 하늘, 바람, 구름, 고양이, 강아지, 낙엽, 햇살, 계단, 나무, 눈 등 살면서 만나는 자연을 관찰해 그대, 당신, 너와 연결하고 있습니다. 그 연결은 간결하고 압축적인 말건넴입니다. 저는 이런 표현 방식이 인상적이고 좋습니다. 제가 요즘 고민하는 지점에 맞닿아 있기 때문입니다.

저는 지금까지 제가 경험했던 에피소드를 시로 표현해 온 것 같습니다. 3권의 시집을 낸 후 이런 경험을 넘어서는 표현을 하고 싶다는 욕구가 커졌습니다. 임옥례 님의 시에서 저는 제가 가야 할 방향의 힌트를 찾은 것 같습니다. 시가 저의 독백이 아니라 독자에게 건네는 말이 되어야 한다는 생각을 하게 된 것이죠.

담벼락 풀이 그대가 보낸 전령이 되고, 떨어지는 벚꽃잎이 그대 생각하는 갯수가 되고, 리모컨을 누르는 일이 그대를 찾는 일이 되고, 수박을 깨무는 것이 그리움을 깨무는 일이 되고, 위태롭게 매달린 돌덩이가 떨어질 수 없는 그대 생각이 되고, 꽃이 그대가 되고, 구름 속 그대 얼굴만 있어 구름은 그리움이 됩니다.

‘나는 이걸 보고 이런 생각을 했어’라는 1차원적 관찰에 그치지 않고, 관찰한 모든 것이 ‘그대’로 확장이 됩니다. ‘그대’로 확장되는 순간 더 이상 독백이 아니라 독자에게 건네는 대화가 됩니다. 독자는 이제 시인이 나에게 그대라 부르며 말을 건다고 알게 됩니다. 때로는 시인이 말하는 그대가 나일수 도 있고, 때로는 내가 그리워하는 그대를 시인이 대신 표현해 준 것이라 생각할 수 있게 됩니다. 개인적 관찰과 경험이 이렇게 보편성을 가지게 되는 것 같습니다.

이런 참신한 확장의 표현이 있는 시집을 출간하시는 임옥례 님께 축하 말씀을 드리고, 저에게 시를 통해 가르침을 준 시인에게 감사드립니다. 많은 분들이 이 시집을 읽고 즐기면서 저처럼 ‘나’를 넘어 ‘그대’에게 가는 길을 볼 수 있기를 소망합니다.

2025년 6월

● **추천의 글_ 김도연** 칭찬시인

언어로 귀한 순간을 함께 나누며 꽃과 자연을 품고 살고 계시는 임옥례 작가님은 언제나 들꽃 향기와 함께 동행하는 분입니다.

과장되지 않은 언어로 소소한 일상을 압축 언어로 표현하면서 긴 여운을 남겨 절로 미소짓게 하는 휴식 같은 글을 만날 수 있음이 일상에 지친 우리에게 큰 선물입니다.

임옥례 시인님은 캘리그라피 작가로 시인으로 국내는 물론 해외까지 폭넓게 활동해 오셨지만, 풀꽃처럼 겸손하게 자신을 드러내지 않고 주변을 풋풋하고 싱그러운 향기로 물들이며 살아가는 귀한 분입니다.

바쁘고 고단한 시간을 살고 있는 현대인들에게 임옥례 시인님의 시집은 맑은 산소를 안겨 주는 선물임을 확신하며, 저 또한 임옥례 시인님에게 존경과 사랑을 담아 추천의 글을 쓸 수 있는 영광을 주신 것에 진심으로 감사드립니다.

이후에도 휴식이 되는 글로 선한 영향력을 나누어 주시길 부탁드립니다.

2025년 6월 푸르른 날에

한때는 들녘을 보며
"그림으로 그릴 수 있다면 얼마나 행복할까?"
생각한 적이 있었습니다.
화구를 들고 들녘을 다니기 전까지는 말입니다.
지금은 한국일요화가회 회장으로 매주 자연을 만나고
있습니다.

자연은 늘 새롭고 다채롭습니다.
나만의 색으로 표현하며 한바탕 놀고
작품 한가득 행복한 표정을 담으려 하고 있습니다.

즐거운 마음으로 그린 작품에는 그 표정이 있듯이
한 줄 한 줄 마음을 담아 써 내려가는 감성시 또한
더 많은 감성을 전할 수 있다는 것을
시를 배우고 쓰며 알게 되었습니다.

이 다채로움을 화폭이 아닌 글로 시로 표현할 수 있게
도와 주신 윤보영 시인님 감사합니다.
윤보영 시인님의 감성시를 만나고
윤보영감성시학교를 다니며
즐겁고 놀랍고 행복한 시간을 시로 담았습니다.
시와 함께 행복한 시간 되시기를 바랍니다.

첫 시집 발간에 도움을 주신 윤보영 시인님, 과분한
추천의 글을 써 주신 김종문 시인님, 김도연 칭찬시인님
깊이 감사드립니다.

2025년 6월
임옥례

차례

제1부 어쩜 이리도 그대를 닮았니?

제2부 그려진 그림 속에서 당신이 불쑥!

제4부 우리 첫사랑처럼 상큼하게

제1부

어쩜
이리도
그대를 닮았니?

창을 넘어온 햇살

생각으로 핀 꽃

창 하나 넘었는데
이리 부드럽고
마음까지 따뜻하다니…

그래, 너를
향한 그리움도
선 하나만 넘으면
닿을지 몰라.

너였다면

나에게 다가와
포근히 안아 주는 너
따뜻한 기운에
잠시 몸을 맡긴다

'너였다면'
생각만 해도
오늘 하루
행복할 것 같은데
짜릿할 것 같은데
진짜 너였니?

동백

생각으로 핀 꽃

너는 꽃망울 속에
온 세상을 품고
나는 그리움 속에
그대 웃는 모습을 품고.

무한대

사람들은
누군가의 노력을
숫자화하려고 한다

몇 년?
얼마나?
그럼
그대 생각은?

물어보나마나
무한대!

그리움

생각으로 핀 꽃

수옥폭포 앞에서
눈을 감는다
물소리가 지워지고
그대 웃는
얼굴이 다가선다

'이러다
깊이 빠져들라'
서둘러 눈을 뜬다

내 앞에
그대가 있다
그대가!

* 수옥폭포 : 괴산군 연풍면 수옥정1길에 있는 폭포

사랑

채움이 아니라
비움

비움이 아니라
채움

사랑은
그렇다.

목련

생각으로 핀 꽃

화려하게
꾸미지는 않았지만
그대는
가장 아름다운
꽃

감히
목련이라 부르렵니다.

그대

내 마음속에
들어갔다 왔나?

비워진 공간을
다시 채워 주는
당신!

부부

생각으로 핀 꽃

서로 다른
톱니바퀴가
맞물려 돌아가는 것.

믿음

인연 속에서
끝없이 돌고돌아
서로 다른 톱니바퀴가
이렇게 만났나 봅니다.

벚꽃

생각으로 핀 꽃

나뭇가지 끝에 핀
벚꽃
저절로 미소가 나온다

그도 그럴 수밖에
하나같이
네 얼굴이니.

선물

특별한 의미를 담아
장미를 선물해 보세요
당신이
장미처럼 보일 테니까.

나무와 나

앙상한 가지만
덩그러니

나를 닮아
외로움보다는
든든함이 커진다

너는 꽃을 피울
봄을 기다리고
나는 그대 만날
내일을 기다리고.

꽃눈

추위 속에서도
새싹 돋을
봄을 준비하는 당신

저도 꽃눈
당신 따라
봄을 준비합니다

그대가 있는
따뜻한 봄
그 봄을.

나만의 향기

생각으로 핀 꽃

나만 몰랐던
나의 향기

백합꽃이
얘기하네
자기보다
더 진한 향기가 담겼다고.

벚꽃 소식

따뜻한 마음
바람에 담고 와
꽃을 피운 너!

이 꽃은
날 그리워하던
그대 소식이라며
향기를 내미는 너!

꽃망울

가지마다
꽃망울 달고
두근두근

그대 만나면
깜짝 놀라게 하려고
참고
또 참고

그대 놀래킬 생각에
볼이 붉어지네.

꽃등

꽃다발처럼
당신 사랑하는 마음
선물로 주고 싶어

내 마음에
벚꽃으로
등을 먼저 켭니다

이처럼
당신을
사랑하고 있다고.

반가운 손님

창문 넘어
반가운 손님이 찾아왔습니다

다섯 손가락을 흔들며
당신이 찾아왔습니다

다시 보니
당신 닮은 봄이었습니다.

벗나무에게

낮에 만난 너는
사랑스럽고
밤에 만난 너는
매력 넘치고

어쩜
이리도
그대를 닮았니?

쉼

다가서는 마음에
가끔은
숨 고르기가 필요해

사랑도
쉼이 필요하니까.

희망 사항

내 마음에는
언제나
미소 짓는
네가 있어 좋고

네 마음에는
언제나
미소 짓는
내 마음이 있었으면 좋겠고.

제2부

그려진 그림 속에서
당신이
불쑥!

늘 언제나 가까이

생각으로 핀 꽃

반짝이는 눈망울로
창문을
똑! 똑!

유리창에 어린
너를 보고
얼른 고개를 숙였다

내 눈에 가득한
너!

내 마음 들킬까 봐
차마 바라보지 못했다.

우리

난
당신
없으면
절대 안 돼

당신은 벚나무
나는 그 나무에 핀
벚꽃!

매화

바람에 담겨 온 향기
낯이 익어 다시 보니
코끝에 걸려 있습니다

향기에
그대 생각이 담겨
그런가 봅니다.

산수유 마을

산수유나무가
가지마다
노란 방울을 달았습니다
온 마을에 달았습니다

방울을 달고
행복한 마음이 되었듯
내 안에도
방울을 달았습니다

당신 생각으로 달고 보니
산수유꽃 가득 핀 마을처럼
행복한 내가 되었습니다.

담쟁이

벽을 오르는
담쟁이처럼
오르고 또 오르다가
살며시 내려와
그네를 타네

벽은
바쁜 일상
그네는
그리움 속 그대 생각!

따뜻한 말

힘들 때 전한
따뜻한 말 한마디

가뭄에 갈라진
논바닥에
단비와도 같다

네가 보낸
미소 한 번이면
내 안 가득
생기가 도는 지금처럼.

쑥부쟁이

생각으로 핀 꽃

보라색 융단으로
가득 채워 놓고
그대처럼 날 반기는데

내가 어찌
너를 좋아하지 않을 수 있고
또 사랑하지 않을 수 있겠니.

물감

코끝으로 다가오는
묵직한 물감 냄새

다가온 건
물감 향인데
내 손은 자연스레
그대 모습을 그린다

꽃일까?
꽃이 맞을 거야

그림에서 나와
내 앞에 웃는 얼굴
당신이 맞다.

도화지

생각으로 핀 꽃

무엇을 그릴까?
고민 끝에
쓱!

그려진 그림 속에
당신이 불쑥!
깜짝이야.

그림

캔버스가
내어 준 공간에서
물감들이
신나게 논다

놀다가
놀다가
결국엔
그대 얼굴을 그린다.

당신

생각으로 핀 꽃

바쁘다
바빠

이리저리 뛰어다니다가
내 안에서 널 만나는
잠깐의 시간

아,
행복해!

도전

망설이다
조심스럽게
한 발 내딛는다

놀라
뒷걸음치려다가
용기를 내
한 발 더 나아간다

그대에게
설레는 마음을 담고.

눈꺼풀

생각으로 핀 꽃

세상이 무겁다
애써 올려보려 해도
집채만 한 힘으로
누르고 있다

그래
이 힘으로
사랑해야겠다.

상비약

설렘, 떨림
불안, 초조
널 만나려면
늘 상비약부터 찾게 돼

만나고 보니
네 웃는 모습이
효과 좋은 치료약

언제 그랬냐며
얼굴 가득
웃음꽃 피워 주는
나만의 상비약.

종착역

생각으로 핀 꽃

쿵 짝짝 쿵짝
어느새 리듬을 타고
몸이 흔들흔들

추억 여행의
목적지는
시시때때로

그러다 결국
그대 생각 역.

계단

한 계단
두 계단
오를수록
숨은 차오르는데
미소가 한가득

너와
가까워져서겠지?

기찻길

끝없이 놓인 철로는
서로 만날 수 없지만
수많은 인연을
만나게 했겠지

그리움에 놓인
그대 생각과 내 생각
내 안에서
만나는 것처럼.

솜씨

주어진 것이 아니라
노력 끝에
만들어지는 것

그러니
한 점 한 점
모두 소중할 수밖에.

카메라

생각으로 핀 꽃

어여쁜
그대 모습을
박제합니다

내 생각도 한 스푼

가장 아름다운
당신의 오늘을
박제합니다.

사진

흘러가는 시간이
아쉬워
사진에 담아 둡니다

참,
그대 모습만
담고 싶은 마음
아시죠?

사진을 다시 보니
그대 모습만 있네요.

그대 모습

그리움을
내 안에
조각하고 있다
꽃과 같은
그대 모습을.

이유

혼자보다는
모여 피어야 더 아름다운
벚꽃을 보다가

아하, 맞아
나도 그렇고
당신도 그렇고
우린 함께 있어야
더 아름다운 거야

그치?
그치?

제3부

참 좋은
당신

목소리

생각으로 핀 꽃

빙 둘러앉아
이야기꽃을 피웁니다

모닥불
타닥타닥
이야기를 먼저 태우고
오직, 그대
목소리 하나만 남깁니다

그 목소리
내 가슴에 담겨
지금도
그리움을 울립니다.

참 좋은 당신

오랜만에 만나도
어제 만난 것처럼
편안한 당신

내 안에
당신이 있어서
이 아침이 즐겁고
점심이 즐겁고
저녁까지 즐겁습니다

함께 어울려
행복을 만드는 나에게는.

수박

생각으로 핀 꽃

아삭,
수박을 베어 물었더니
부드럽고 달콤한 과즙이
입안 가득

문득
그대 생각이 파도 친다
잊었다고 생각했는데

아차,
수박이 아니라
그리움을 물었네.

나무

앙상했던 네가
연두색, 흰색
초록색에 빨간색까지
갖가지
색으로 변하지만

그대 생각은
오직
처음 마음 그대로.

유홍초

담벼락에
붉은 등을 켜고
길을 안내하는 너

너 혹시
날 기다리는 그대가
보낸 거 아니니?

오미자

새콤
달콤
눈이 번쩍!

그리움도
따라 번쩍!

제비꽃

돌 틈에
예쁘게도 피었네

늘
꽃반지 만들어 주던 친구
제비꽃을 보니
그 친구 얼굴이 생각나네

보고 싶다!

모닥불처럼

타닥타닥
그리움을 태우더니
따스한 온기로
손 내민
그대!

단풍

빨강
노랑
때로는 초록색으로
뽐내는 단풍

멀리서
그대 보고 있다고
가을이 보낸 거 맞지?

산

첩첩 산자락이 다가와
인사하네
어서 오라고

그래, 어쩌면
이 산
그리운 그대

맞아
언젠가 만나야 할
기다림 속
그대!

낙엽

바람 따라
목적지도 없이
여행을 떠난다

저 떨어지는 잎이
나였다면
그리움 속으로
날아갈 텐데.

보이는 것

맑음 속에서도
별은 빛나고 있다

우리에게
안 보일 뿐

아니, 어쩌면
나를 자세히 보기 위해
다 지웠을 수도 있고.

지름길

실패는
성공으로 가는
지름길

그 말 믿고
다시 시작한다
아직은 답이 없는
내 미래를 위해.

창문

벽 사이에
비워 둔
작은 공간

공간 속
또 다른 풍경

내 가슴에
그 창문이 있다

열고 들어서면
그대를 만날 것 같은.

반려견

내 곁에 앉아
꼬리를 살랑살랑

너는
나를 좋아하고
나는 지금
보고 싶은 그대를 생각하고

멋쩍은 웃음을 지어 본다.

고양이

생각으로 핀 꽃

손끝에 전해지는
보드라움
널 바라보는
내 마음과 같네

나를 바라보는
네 눈빛처럼.

고양이 눈

나를 바라보는
알사탕 두 개

사랑에
빠질 수밖에 없는
달콤함

유혹이니
사랑이니?

짝사랑(치즈냥)

생각으로 핀 꽃

황금색 털
하얀 발
반짝이는 눈

가까이 다가설 수 없지만
늘 주변에서 맴도는 너

꼭
내 사랑 같다

그래서
눈이 더 간다
마음까지 간다.

* 치즈냥 : 반려묘

부릉부릉

기쁨
무서움
하지만
만날수록 좋아지는
정열적인 부릉이

목적지로 가는 것보다
집으로 돌아오는 길
발걸음이 가볍다

"우리 연애할까?"
"그럼 아니었니?"

재잘재잘

이름을 소개하라 하니
고개를 절레절레

자기 이름을 적고
하고 싶은 말 적으라 하니
말로만 재잘재잘

그럼
사랑하는 사람 있으면
얘기해 달라고 했더니
묵묵부답!

그래, 사랑은
말로 하는 게 아니라
행동으로 하는 거야.

벽난로

타닥타닥
네가 좋아하던 모닥불

가을을 태워
따뜻한 마음을 내미는데
어쩌면
네 마음일 수 있는데

어떻게 내가
모닥불 너에게
다가가지 않을 수 있니?

짜장면

짜장면을 먹는데
눈물이
그렁그렁

왜
이 맛있는 짜장면에
엄마 생각이 들었지?

짜장면 한 그릇에
그리움이 들었나 보다.

그대 짜장

생각으로 핀 꽃

고기를 넣으면 유니짜장
해물을 넣으면 삼선짜장
그대 생각을 넣으면
무슨 짜장?

맛이 좋아
이름도 모르고 먹었다는.

리모컨

버튼을 눌러
이리저리 돌린다
'그대 있는 곳!'

이런
이런
리모컨을 눌러야지
그리움을 눌렀네.

제4부

우리
첫사랑처럼
상큼하게

몰래 온 손님

밤새 내린 눈은 차갑다
하지만 지금은 포근하다

눈길 걷자고 할까?
눈 핑계 대고 연락할까?

이런 이런,
뜨거워진 마음에
만나기도 전
눈 다 녹겠다.

고백

"잘할 수 있어!"
다른 사람들에게는
잘도 응원하면서
나에게는 버겁다

사랑 고백하기 위해
나는 연습한다
오늘도!

매실

과일은
익어야 제맛!

그런데
덜 익은 열매가
제맛인 것이 있어요

우리
첫사랑처럼
상큼하게.

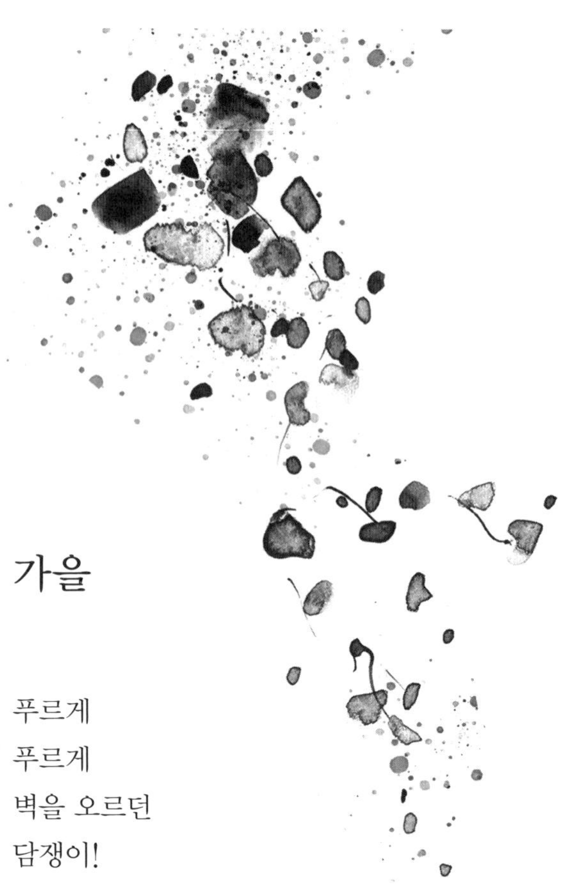

가을

푸르게
푸르게
벽을 오르던
담쟁이!

그대 좋아하는
내 마음
부러웠나?

수줍은 듯
얼굴 먼저 붉히네
아~
가을이네.

바람

바람은
고맙다
때로는 겁이 난다

하지만
내 안으로
널 데리고 오는 바람은
기다림이다

바람 앞에서
춤까지 추고 싶은
그 신바람은.

구름

멀리서 보니
산을 휘감은 구름
가까이 다가서니
자욱한 안개

하지만
눈 감고
구름 속으로 들어서네

아~
이 구름
그리움이었나?
그대 얼굴만 있네.

안개 속 작은 꽃

앞을 가로막는 안개
다가서기 두렵다

하지만 이제는
피할 수 없는 것
용기 내어 다가섰다

아!
두려워할
필요가 없었네

안개 지워진 자리
꽃 한 송이 보인다
웃는 내 얼굴이 보인다.

자연 앞에선

생각으로 핀 꽃

광활하고
넓은 평야에
작은 점 하나에 불과한 사람

하지만
그 점
우리는
꽃을 피운다.

파도

일렁일렁
모래 앞에서
하얗게 부서지는 파도

그대 앞에서
말 못하고 머뭇거리던
그때 나처럼
부서져 가네.

동해

맑은 물
일렁이는 파도

파도에 담겨
이리저리
밀려다니는 모래

그래,
나는 파도여도 좋고
모래여도 좋아
그대만 곁에 있다면.

눈 1

온 세상에
하얀 융단을 깔았다

춥다는 걸 알면서도
그대 그리움처럼
뛰어들게 만드는
묘한 매력을 가진
너!

눈 2

하얀 가루만
뿌려 두었을 뿐인데
너를 본 순간처럼
환호성이 터지네.

계절 변화

난 이곳에서
널 기다릴게

봄!
여행 잘하고
다시 만나자.

크리스마스

생각으로 핀 꽃

반짝반짝
흥겹게 리듬을 탄다

저마다의 색으로
눈길을 끈다

하지만
마음 줄 수 없다

이미 내 마음은
주인이 있는데

그대도 나와
같은 마음일까?

고목

오랫동안
곁에 있어서
더 마음 가는 게 있다고 했지요
당신이 그렇습니다

당신 앞에
오래 머문
나도 그렇습니다.

채석강

세월은
채석강 벽에
가지런히
책을 꽂고

내 안은
빈틈없이
그대 생각을 꽂고.

어느 날

이 종 태

자그마한 빗방울
속눈썹을
톡 치고
사라지는 날에

바람이
옷소매로 장난을 치며
말을 거는 날에

싱그러운 풀언덕
늦은 밤
나에게
손짓하는 날에

나는
그대 품에 누워
하늘을 올려다보며
슬며시 미소짓네.

우리는

이 종 태

벽장 안에서만 살 수 있다면
문 닫고 안에서 살 수 있다면
바람과 폭풍우를 등지고
그저 안에 있다면

그치지 않을 폭풍우는 없기에
또 자연히 멈출 바람은 없기에
나가서 말할 뿐
여기에 있다고
우리는.

생각으로 핀 꽃